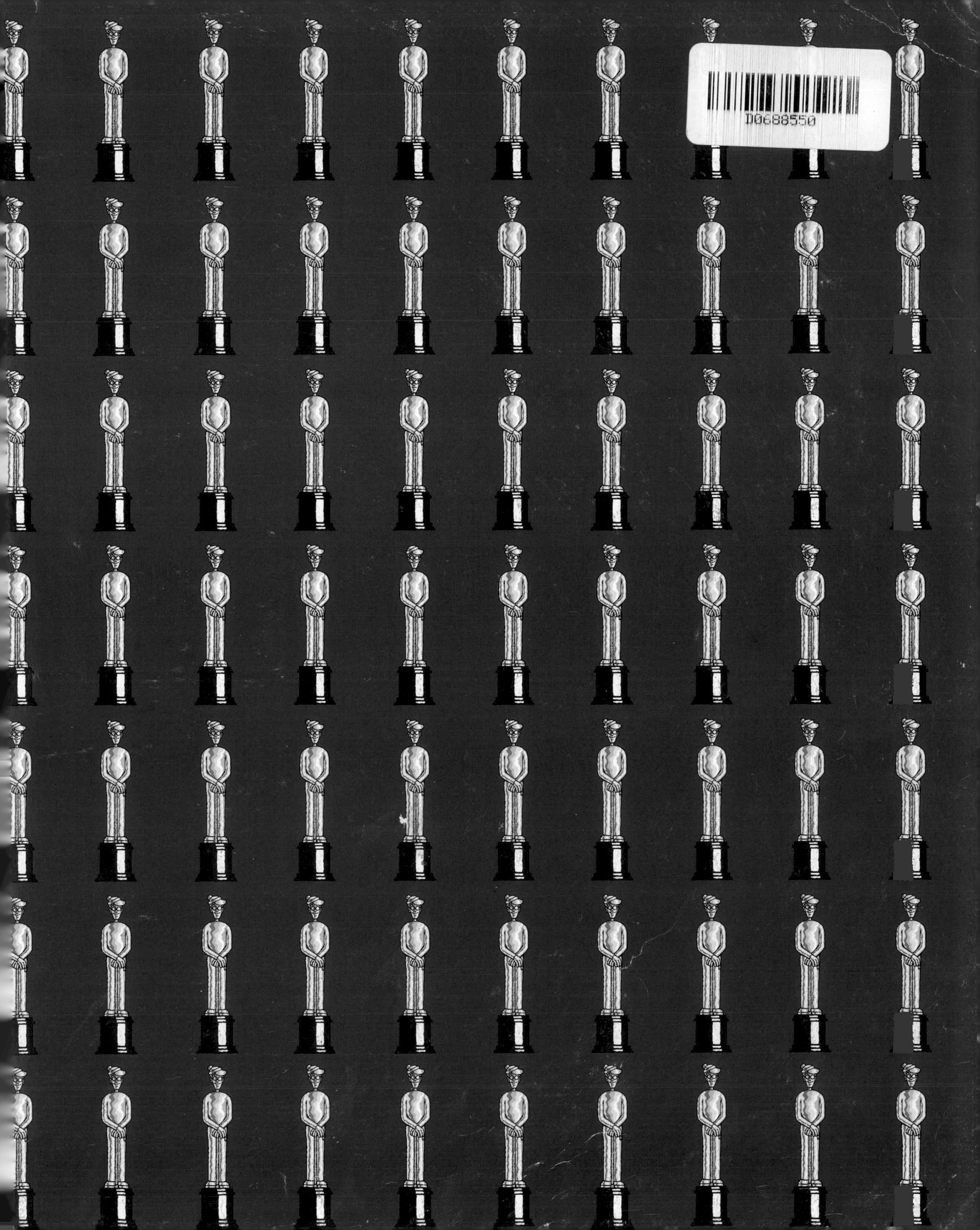

PARA ELIZABETH, MIKE,
STEVE, EDDY Y TERRY.
EN AGRADECIMIENTO
POR SU AYUDA
Y POR SU ALIENTO

Publicado originalmente en 1993 por Walker Books Ltd.

Título original: *Where's Wally? in Hollywood*

Primera edición: junio de 2014
Segunda reimpresión: abril de 2018

Traducción: Jaume Ribera - Revisión: Mireia Blasco

Travessera de Gràcia, 47-49. 08021 Barcelona
ISBN: 978-84-15579-73-1

Esta es una coedición de Penguin Random House Grupo Editorial, S. A. U., con Walker Books Ltd.

Printed in China - Impreso en China

BL 7 9 7 3 1

¿DÓNDE ESTÁ WALLY?
EN
HOLLYWOOD
MARTIN HANDFORD
blok
B DE BLOK

UN SUEÑO HECHO REALIDAD
GUAU, BUSCADORES DE WALLY, ESTO ES FANTÁSTICO. ¡ESTOY EN HOLLYWOOD! MIRAD, HAY GENTE DE CINE POR TODAS PARTES... ME PREGUNTO QUÉ PELÍCULAS ESTARÁN RODANDO. PARA MÍ ES UN SUEÑO HECHO REALIDAD... ¡CONOCER A LOS DIRECTORES Y A LOS ACTORES, PASEAR ENTRE LAS MULTITUDES DE EXTRAS, VER LO QUE HAY DETRÁS DE LOS DECORADOS! ¡A VER SI ACABO SALIENDO EN UNA PELÍCULA!
★ ★ ★ ★ ¡LO QUE HAY QUE BUSCAR EN HOLLYWOOD! ★ ★ ★ ★
¡BIENVENIDOS A LA CIUDAD DE LOS SUEÑOS, BUSCADORES DE WALLY! ESTAS SON LAS COSAS QUE TENÉIS QUE BUSCAR MIENTRAS PASEÁIS POR LOS ESTUDIOS CON WALLY.
★ LO PRIMERO (¡POR SUPUESTO!) ¿DÓNDE ESTÁ WALLY?
★ DESPUÉS, ENCONTRAD A SU COMPAÑERO CANINO,WOOF... RECORDAD QUE SOLO LE VERÉIS LA COLA!
★ ¡DESPUÉS BUSCAD A WENDA, LA AMIGA DE WALLY!
★ ¡ABRACADABRA! ¡EUREKA! ¡AHORA CONCENTRAOS EN LA BÚSQUEDA DEL GRAN MAGO BARBABLANCA!
★ ¡BUUUU! ¡FUERA! TAMBIÉN TENÉIS QUE ENCONTRAR AL MALO, ODLAW...
★ AHORA NO OS OLVIDÉIS DE BUSCAR A ESTOS 25 BUSCADORES DE WALLY. CADA UNO APARECE SOLO UNA VEZ ANTES DE LLEGAR A LA FANTÁSTICA ESCENA FINAL.
★ ¡GUAU! ¡INCREÍBLE! ¡ENCONTRAD A OTRO PERSONAJE QUE APARECE EN CADA ESCENA EXCEPTO EN LA ÚLTIMA!
★ ★ ¡SEGUID BUSCANDO! ¡HAY MÁS COSAS QUE BUSCAR! ★ ★
EN CADA ESTUDIO ENCONTRAD EL HUESO DE WOOF
LA LLAVE DE WALLY
LA CÁMARA DE WENDA
EL PERGAMINO DEL MAGO BARBABLANCA
LOS PRISMÁTICOS DE ODLAW
Y UNA LATA DE PELÍCULA PERDIDA
★ ★ ★ ★ ★ ★ ★ ¡Y MÁS, MUCHO MÁS! ★ ★ ★ ★ ★ ★ ★
CADA UNO DE LOS PÓSTERS QUE VEÁIS EN LA PARED ES PARTE DE UNO DE LOS ESTUDIOS DE RODAJE QUE WALLY VA A VISITAR. ★ AVERIGUAD A CUÁL CORRESPONDE CADA PÓSTER.
★ Y DESPUÉS DESCUBRID LAS DIFERENCIAS QUE HAY ENTRE PÓSTERS Y ESTUDIOS.

¡PSST! ¡ESTA ES UNA PELÍCULA MUDA!
ASÍ ES COMO EMPEZÓ EL SUEÑO DE HOLLYWOOD, CON PELÍCULAS MUDAS RODADAS EN BLANCO Y NEGRO. SON ALOCADAS Y TE HACEN REÍR. ACTUAR EN ESTAS COMEDIAS PUEDE RESULTAR MUY DURO... ¡MIRAD CUÁNTOS ACCIDENTES SE ESTÁN PRODUCIENDO! PERO LO MEJOR DE TODO ES QUE NINGÚN ACTOR SE HACE DAÑO... ¡POR MUCHAS VECES QUE CAIGAN DE BRUCES AL SUELO!
$10,000

EL LOCO CABALLO DE TROYA
¡QUÉ ESPECTACULAR Y LIADA ESCENA, BUSCADORES DE
WALLY! ME PREGUNTO POR QUÉ NO ADIVINARON LOS
TROYANOS QUE EL CABALLO DE MADERA ESTABA LLENO
DE GRIEGOS, Y CÓMO LOGRARON ESTOS INTRODUCIRSE
A TRAVÉS DE LAS ESTRECHAS PUERTAS DE TROYA. ¡POR
CIERTO, ME TEMO QUE EL ENCARGADO DE VESTUARIO HA
OLVIDADO PROPORCIONAR SANDALIAS A LOS ACTORES!
HELP
HA HA HA

76%
101%
41%
MAX.
55
SPEED

DIVERTIDA LEGIÓN EXTRANJERA
¡FÍU, SEGUIDORES DE WALLY, NO OS ACALORÉIS, ESTAMOS EN EL MÁS HIRVIENTE DE LOS RODAJES EXTERIORES! ¡TODO EL MUNDO SUDA LA GOTA GORDA! ALGUNOS DE LOS EXTRAS DAN LA IMPRESIÓN DE HABER PERDIDO LA SANGRE FRÍA... ¿HABRÁN OLVIDADO QUE TAN SOLO SE TRATA DE UNA PELÍCULA? ¡TAL VEZ DEBERÍAN DESERTAR DEL DESIERTO Y UNIRSE A LA CARRERA EN POS DE UN HELADO!

MIRAGE!

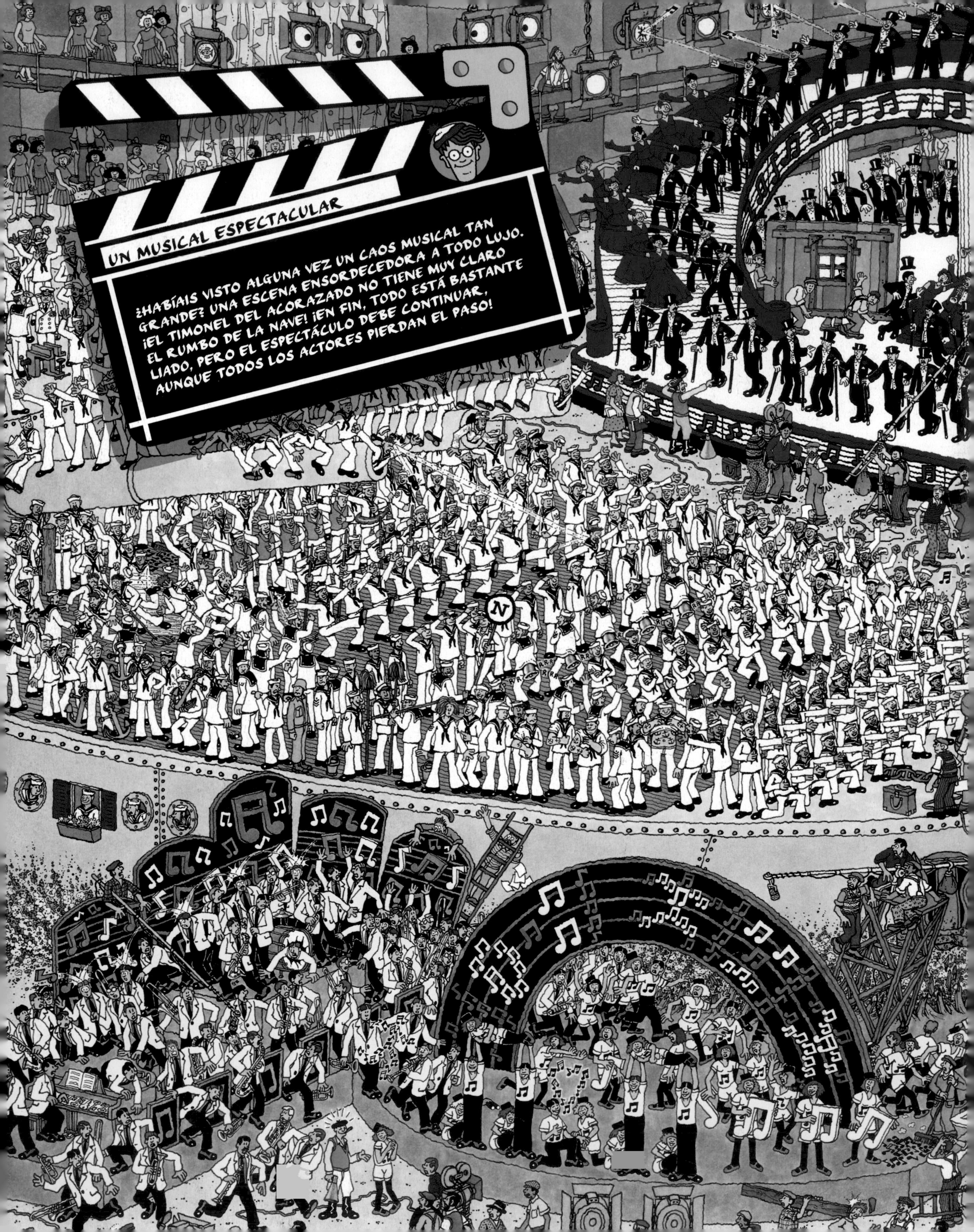
UN MUSICAL ESPECTACULAR
¿HABÍAIS VISTO ALGUNA VEZ UN CAOS MUSICAL TAN GRANDE? UNA ESCENA ENSORDECEDORA A TODO LUJO. ¡EL TIMONEL DEL ACORAZADO NO TIENE MUY CLARO EL RUMBO DE LA NAVE! ¡EN FIN, TODO ESTÁ BASTANTE LIADO, PERO EL ESPECTÁCULO DEBE CONTINUAR, AUNQUE TODOS LOS ACTORES PIERDAN EL PASO!

LA CUEVA DE LOS PIRATAS SAQUEADORES
¡QUÉ EXCESO DE PIRATAS SAQUEADORES, BUSCADORES DE WALLY! ¡CUÁNTA GENTE EN ESTA CUEVA! DEBE DE HABER TONELADAS DE JOYAS Y COSAS VALIOSAS EN ESTA ENORME MONTAÑA DE TESOROS. CON ESPÍRITUS Y FANTASMAS OCUPANDO EL CENTRO DEL ESCENARIO, Y UN MONTÓN DE PILLOS PIRATAS PARA BUSCAR, EL DIRECTOR SIN DUDA TIENE MUCHO TRABAJO. ¡ESPEREMOS QUE TENGA BUENA MANO! ¡QUÉ PELÍCULA TAN ATERRADORAMENTE DIVERTIDA!

EL SALVAJE OESTE
¡BUSCADORES DE WALLY! ¿HABÍAIS VISTO ALGUNA VEZ UN «WESTERN» TAN SALVAJE COMO ESTE? AHÍ LLEGA LA LOCOMOTORA ECHANDO VAPOR... ¡LA CARRERA DEL ORO HA COMENZADO Y HAY UN COWBOY CABALGANDO HACIA LA PUESTA DE SOL! ¡HAY MUCHA ACCIÓN Y EMOCIÓN! ¡ME PREGUNTO SI EL OESTE REAL ERA TAN ANIMADO Y COLORIDO COMO ESTE!
THE WILD WEST SALOON
THE TAME EAST SALOON
SALOON
HOTEL
GENERAL STORE
SALOON
JAIL
SHERIFF
WANTED
GOLDYOURS
GOLDMINE
THE MIDWEST
OKLAHOMA
TEXAS
10 cents
$10,000
BILLY
JANE

SALOON
LIVERY UNSTABLE
SALOON
LIVERY STABLE
BLACKSMITH
SALOON
USA
ONE MORE SALOON
THE PIONEER SALOON
THE PIONEER SALOON
BANK
2
BILL

LOS BRAVUCONES MOSQUETEROS
¡TODOS PARA UNO, UNO PARA TODOS! ¿NO ERA ESE EL LEMA DE LOS TRES MOSQUETEROS? ¡PERO AQUÍ CADA UNO HACE LA GUERRA POR SU CUENTA! ¿PODÉIS ENCONTRAR A NUESTROS TRES VALIENTES MOSQUETEROS, QUE LUCHAN CONTRA LOS GUARDIAS DEL CARDENAL, VESTIDOS DE ROJO? ¡NO SÉ CÓMO SE LAS ARREGLARÁ EL CÁMARA PARA CAPTAR TODA LA ACCIÓN QUE HAY EN ESTA ESCENA!

DINOSAURIOS, HOMBRES Y MONSTRUOS
¡ES INCREÍBLE! ¡UNA FORTÍSIMA COMBINACIÓN DE TIEMPO, ESPACIO Y TERROR! ¡MAGNÍFICOS TRAJES ESPACIALES Y SOBERBIOS EFECTOS ESPECIALES! UNO DE LOS PLATILLOS VOLANTES PARECE VOLAR DE VERDAD. ¿SERÁN SUS TRIPULANTES VERDADEROS EXTRATERRESTRES, Y NO ACTORES? ¿QUÉ ES REAL Y QUÉ ES MAQUILLAJE EN ESTE TIPO DE PELÍCULAS?

EL ALEGRE LÍO DE ROBIN HOOD
¡MIRAD CUÁNTA GENTE HA DEJADO EL BOSQUE DE SHERWOOD PARA PASAR EL DÍA EN EL CASTILLO DE NOTTINGHAM! LO ESTÁN PASANDO MUY BIEN, ESTROPEANDO EL DESFILE DEL *SHERIFF*. ¿CUÁL DE ELLOS ES ROBIN HOOD? ¡EL QUE LLEVA UN PÁJARO DIBUJADO EN LA CAPUCHA! CUANDO VEÁIS ESTA PELÍCULA PENSARÉIS QUE TODO ES REAL. ¡PERO LAS MURALLAS DEL CASTILLO SON DE MADERA!

CUANDO SALEN LAS ESTRELLAS
¡GUAU, BUSCADORES DE WALLY, ESTO ES *GLAMOUR*!
ESTOY EN UN GRAN ESTRENO. LAS ESTRELLAS HAN
VENIDO A VER LA PELÍCULA. LA MULTITUD A VER LAS
ESTRELLAS. FIJAOS EN EL COCHAZO ROSA,
EL VEHÍCULO MÁS APROPIADO PARA UNA ESTRELLA.
¿QUIÉN VA EN EL HUESO-MÓVIL QUE HAY DETRÁS?
¿Y NO OS PARECE QUE A KING KONG SE LE VE MÁS
AMIGABLE AL NATURAL QUE EN PANTALLA?

HOLLYWOOD

¿DÓNDE ESTÁ WALLY? EL MUSICAL
¡ESTA PELÍCULA DE CANCIONES Y BAILE TRATA SOBRE MÍ Y SOBRE MIS AMIGOS! ¡MIRAD CUÁNTOS ACTORES SE HAN VESTIDO COMO YO! Y FIJAOS EN TODOS LOS WOOF, WENDA, BARBABLANCA Y ODLAW. ¿HABÉIS NOTADO YA QUE EL DEPARTAMENTO DE VESTUARIO HA COMETIDO ALGUNOS ERRORES? OS DARÉ PISTAS: YO SOY EL WALLY QUE TIENE ALGO EN LA MANO PARA WOOF. TODO LO QUE PODRÉIS VER DEL VERDADERO WOOF ES SU COLA. LA WENDA REAL TIENE UNA CÁMARA. EL MAGO BARBABLANCA DE VERDAD LLEVA LA PUNTA DE LA CAPUCHA DOBLADA HACIA LA IZQUIERDA, Y EL ODLAW REAL LLEVA UN BASTÓN. UNA SOLA COSA MÁS: UN PERSONAJE DE CADA PLATÓ QUE HE VISITADO ME HA SEGUIDO HASTA ESTA LÁMINA. ¿PODÉIS ENCONTRAR A ESOS ONCE PERSONAJES AQUÍ? ¿SOIS CAPACES DE DESCUBRIR CUÁNDO SE UNIÓ A MÍ CADA PERSONAJE, Y DE LOCALIZAR TODAS SUS APARICIONES A LO LARGO DE MIS VIAJES?

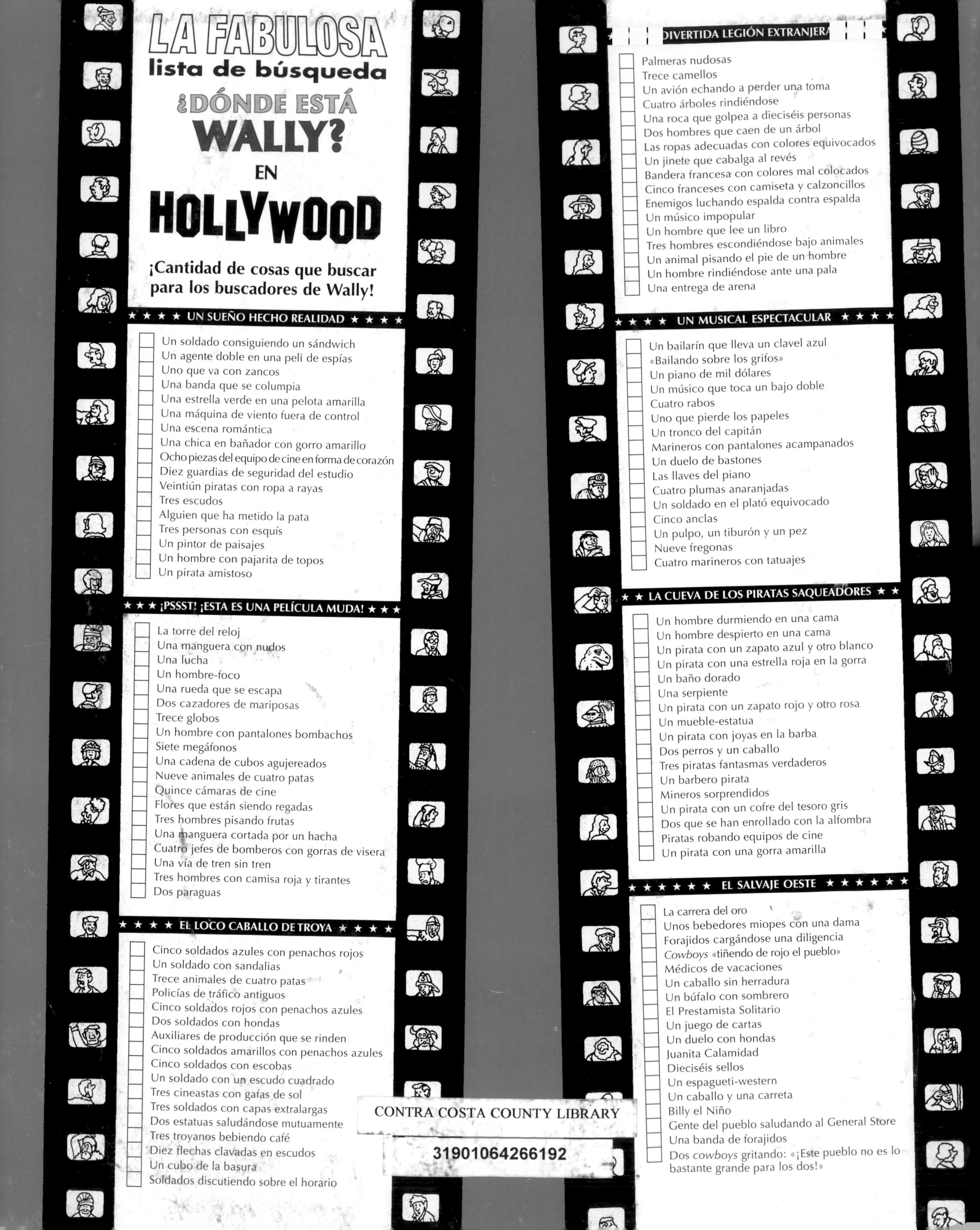

LA FABULOSA lista de búsqueda ¿DÓNDE ESTÁ WALLY? EN HOLLYWOOD

¡Cantidad de cosas que buscar para los buscadores de Wally!

★ ★ ★ ★ UN SUEÑO HECHO REALIDAD ★ ★ ★ ★

- ☐ Un soldado consiguiendo un sándwich
- ☐ Un agente doble en una peli de espías
- ☐ Uno que va con zancos
- ☐ Una banda que se columpia
- ☐ Una estrella verde en una pelota amarilla
- ☐ Una máquina de viento fuera de control
- ☐ Una escena romántica
- ☐ Una chica en bañador con gorro amarillo
- ☐ Ocho piezas del equipo de cine en forma de corazón
- ☐ Diez guardias de seguridad del estudio
- ☐ Veintiún piratas con ropa a rayas
- ☐ Tres escudos
- ☐ Alguien que ha metido la pata
- ☐ Tres personas con esquís
- ☐ Un pintor de paisajes
- ☐ Un hombre con pajarita de topos
- ☐ Un pirata amistoso

★ ★ ★ ¡PSSST! ¡ESTA ES UNA PELÍCULA MUDA! ★ ★ ★

- ☐ La torre del reloj
- ☐ Una manguera con nudos
- ☐ Una lucha
- ☐ Un hombre-foco
- ☐ Una rueda que se escapa
- ☐ Dos cazadores de mariposas
- ☐ Trece globos
- ☐ Un hombre con pantalones bombachos
- ☐ Siete megáfonos
- ☐ Una cadena de cubos agujereados
- ☐ Nueve animales de cuatro patas
- ☐ Quince cámaras de cine
- ☐ Flores que están siendo regadas
- ☐ Tres hombres pisando frutas
- ☐ Una manguera cortada por un hacha
- ☐ Cuatro jefes de bomberos con gorras de visera
- ☐ Una vía de tren sin tren
- ☐ Tres hombres con camisa roja y tirantes
- ☐ Dos paraguas

★ ★ ★ ★ EL LOCO CABALLO DE TROYA ★ ★ ★ ★

- ☐ Cinco soldados azules con penachos rojos
- ☐ Un soldado con sandalias
- ☐ Trece animales de cuatro patas
- ☐ Policías de tráfico antiguos
- ☐ Cinco soldados rojos con penachos azules
- ☐ Dos soldados con hondas
- ☐ Auxiliares de producción que se rinden
- ☐ Cinco soldados amarillos con penachos azules
- ☐ Cinco soldados con escobas
- ☐ Un soldado con un escudo cuadrado
- ☐ Tres cineastas con gafas de sol
- ☐ Tres soldados con capas extralargas
- ☐ Dos estatuas saludándose mutuamente
- ☐ Tres troyanos bebiendo café
- ☐ Diez flechas clavadas en escudos
- ☐ Un cubo de la basura
- ☐ Soldados discutiendo sobre el horario

★ ★ ★ DIVERTIDA LEGIÓN EXTRANJERA ★ ★ ★

- ☐ Palmeras nudosas
- ☐ Trece camellos
- ☐ Un avión echando a perder una toma
- ☐ Cuatro árboles rindiéndose
- ☐ Una roca que golpea a dieciséis personas
- ☐ Dos hombres que caen de un árbol
- ☐ Las ropas adecuadas con colores equivocados
- ☐ Un jinete que cabalga al revés
- ☐ Bandera francesa con colores mal colocados
- ☐ Cinco franceses con camiseta y calzoncillos
- ☐ Enemigos luchando espalda contra espalda
- ☐ Un músico impopular
- ☐ Un hombre que lee un libro
- ☐ Tres hombres escondiéndose bajo animales
- ☐ Un animal pisando el pie de un hombre
- ☐ Un hombre rindiéndose ante una pala
- ☐ Una entrega de arena

★ ★ ★ ★ UN MUSICAL ESPECTACULAR ★ ★ ★ ★

- ☐ Un bailarín que lleva un clavel azul
- ☐ «Bailando sobre los grifos»
- ☐ Un piano de mil dólares
- ☐ Un músico que toca un bajo doble
- ☐ Cuatro rabos
- ☐ Uno que pierde los papeles
- ☐ Un tronco del capitán
- ☐ Marineros con pantalones acampanados
- ☐ Un duelo de bastones
- ☐ Las llaves del piano
- ☐ Cuatro plumas anaranjadas
- ☐ Un soldado en el plató equivocado
- ☐ Cinco anclas
- ☐ Un pulpo, un tiburón y un pez
- ☐ Nueve fregonas
- ☐ Cuatro marineros con tatuajes

★ ★ LA CUEVA DE LOS PIRATAS SAQUEADORES ★ ★

- ☐ Un hombre durmiendo en una cama
- ☐ Un hombre despierto en una cama
- ☐ Un pirata con un zapato azul y otro blanco
- ☐ Un pirata con una estrella roja en la gorra
- ☐ Un baño dorado
- ☐ Una serpiente
- ☐ Un pirata con un zapato rojo y otro rosa
- ☐ Un mueble-estatua
- ☐ Un pirata con joyas en la barba
- ☐ Dos perros y un caballo
- ☐ Tres piratas fantasmas verdaderos
- ☐ Un barbero pirata
- ☐ Mineros sorprendidos
- ☐ Un pirata con un cofre del tesoro gris
- ☐ Dos que se han enrollado con la alfombra
- ☐ Piratas robando equipos de cine
- ☐ Un pirata con una gorra amarilla

★ ★ ★ ★ ★ ★ EL SALVAJE OESTE ★ ★ ★ ★ ★ ★

- ☐ La carrera del oro
- ☐ Unos bebedores miopes con una dama
- ☐ Forajidos cargándose una diligencia
- ☐ *Cowboys* «tiñendo de rojo el pueblo»
- ☐ Médicos de vacaciones
- ☐ Un caballo sin herradura
- ☐ Un búfalo con sombrero
- ☐ El Prestamista Solitario
- ☐ Un juego de cartas
- ☐ Un duelo con hondas
- ☐ Juanita Calamidad
- ☐ Dieciséis sellos
- ☐ Un espagueti-western
- ☐ Un caballo y una carreta
- ☐ Billy el Niño
- ☐ Gente del pueblo saludando al General Store
- ☐ Una banda de forajidos
- ☐ Dos *cowboys* gritando: «¡Este pueblo no es lo bastante grande para los dos!»